© Roseana Murray, 2017

3ª Edição, Global Editora, São Paulo 2017
5ª Reimpressão, 2023

Jefferson L. Alves – diretor editorial
Dulce S. Seabra – gerente editorial
Flávio Samuel – gerente de produção
Juliana Campoi – assistente editorial
Jefferson Campos – assistente de produção
Roger Mello – projeto gráfico e ilustrações
Eduardo Okuno – direção de arte

Dados Internacionais de Catalogação na Publicação (CIP)
(Câmara Brasileira do Livro, SP, Brasil)

M962j
    Murray, Roseana, 1950-
    Jardins / Roseana Murray ; desenhos de Roger Mello. - 3. ed. - São
Paulo: Global, 2017.
    :il.

    ISBN: 978-85-260-2365-9

    1. Jardins - Literatura infantojuvenil. 2. Flores - Literatura
infantojuvenil. 3. Poesia infantojuvenil brasileira. I. Mello, Roger,
1965-. II. Título.

17-42384   CDD: 028.5
                            CDU: 087.5

Obra atualizada conforme o
NOVO ACORDO ORTOGRÁFICO DA LÍNGUA PORTUGUESA

Global Editora e Distribuidora Ltda.
Rua Pirapitingui, 111 – Liberdade
CEP 01508-020 – São Paulo – SP
Tel.: (11) 3277-7999
e-mail: global@globaleditora.com.br

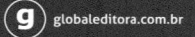 globaleditora.com.br    @globaleditora

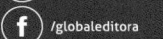 /globaleditora    @globaleditora

 /globaleditora    /globaleditora

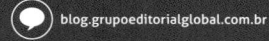 blog.grupoeditorialglobal.com.br

Nº de Catálogo: **3986**

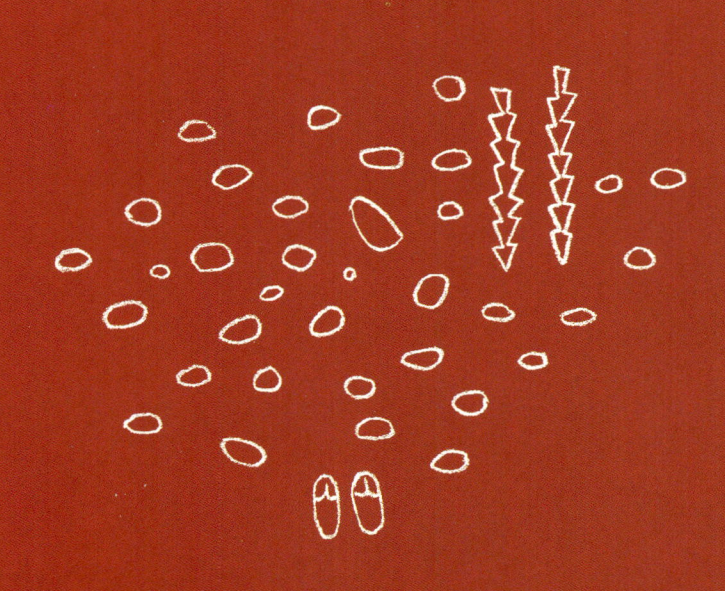

JARDINS

ROSEANA MURRAY

DESENHOS DE ROGER MELLO

global

Flores passeiam

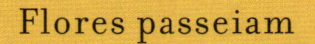

no azul do dia,

fabricam coloridos

silêncios,

como se fossem lenços

de seda e ar.

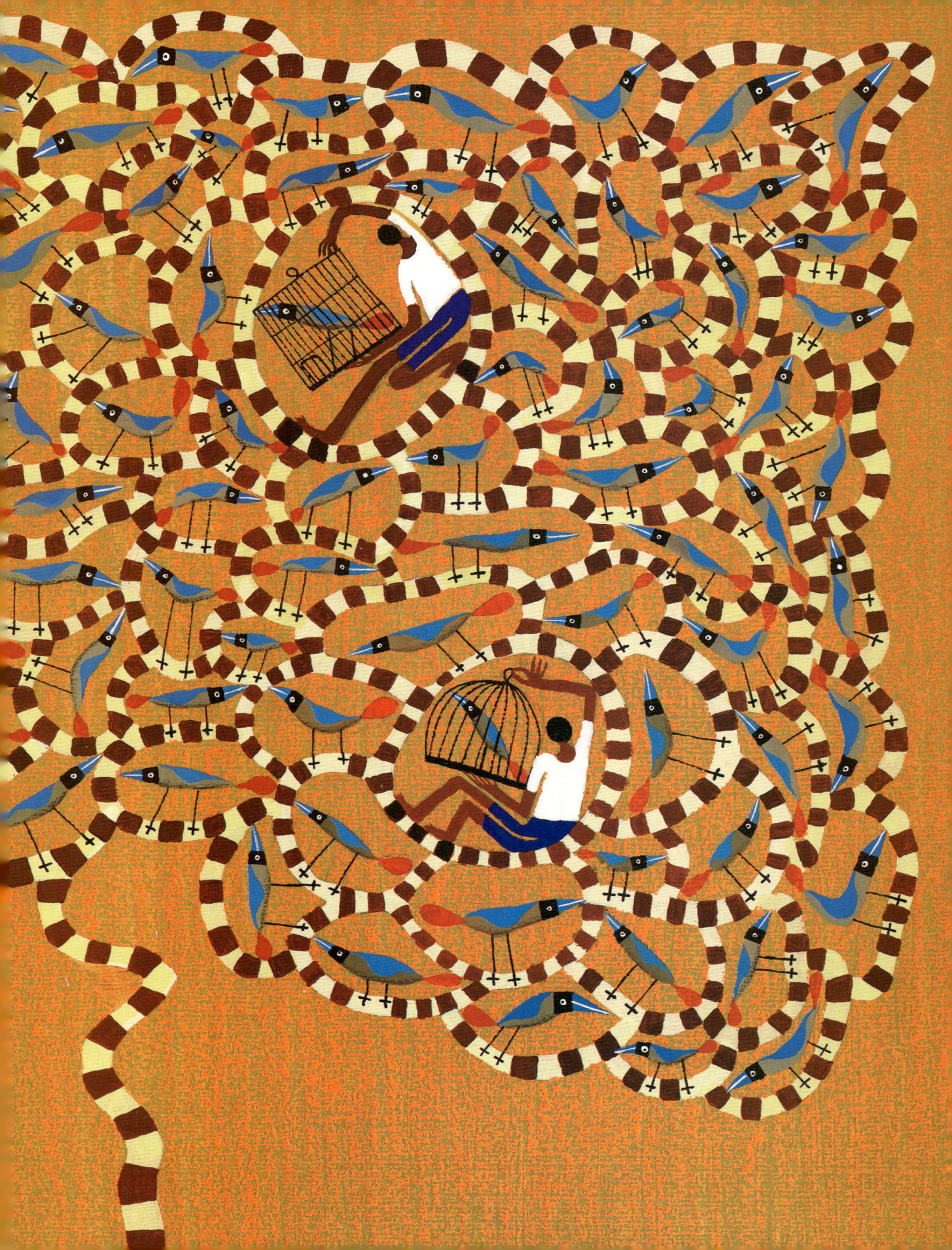

Flores pintam
norte e sul
em todos os timbres
e tons de azul.

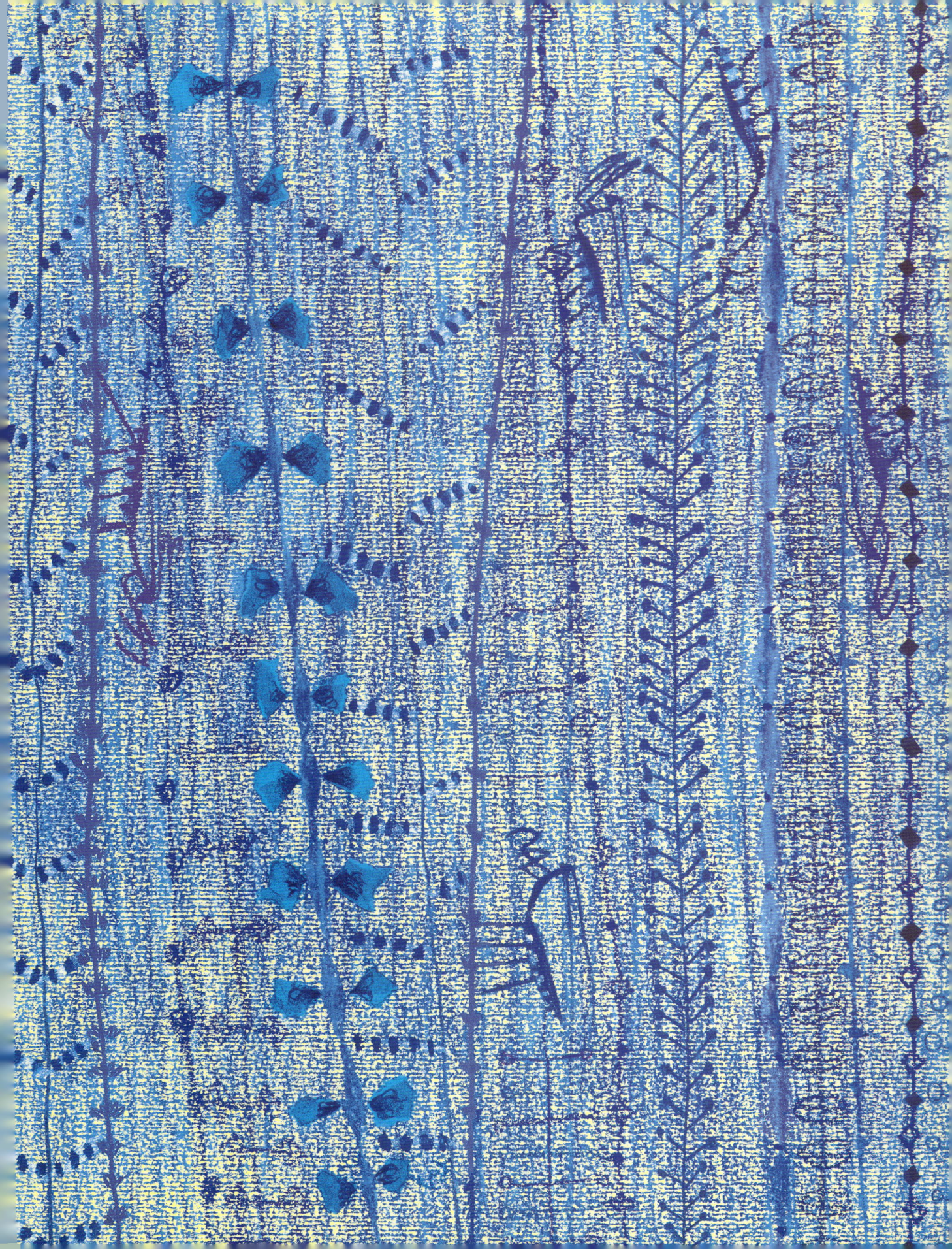

Bem-me-quer, malmequer,
busco teu coração
nas pétalas de seda,
a enluarada confirmação.

Orvalho cobre
a fina pétala
das flores
de fina água:
envelope de céu.

Fiar auroras e sentimentos
com as coloridas linhas do horizonte
e fazer um dia de flores e fontes.

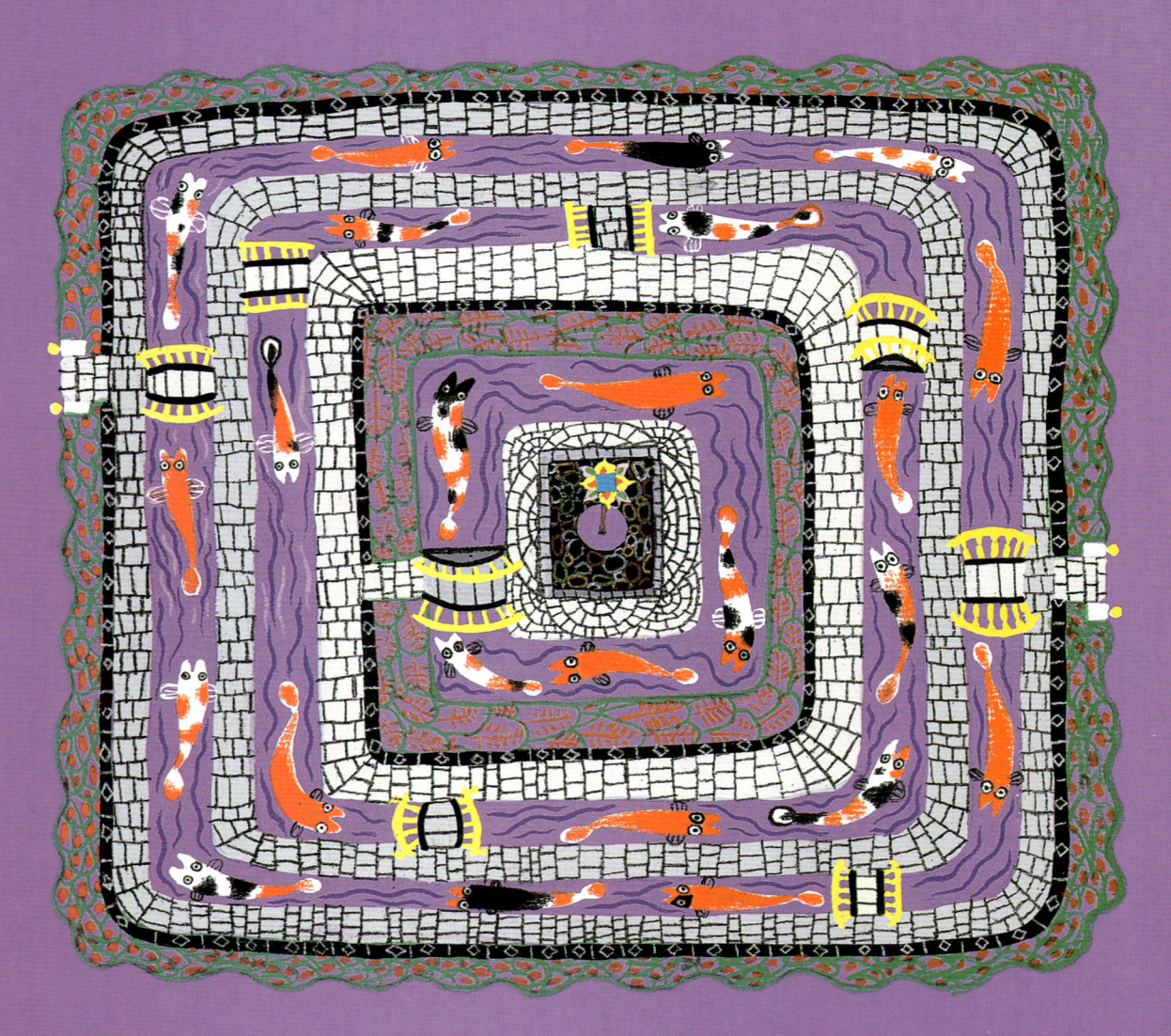

Uma lua amarela
num jardim alado
vem descansar seu luar.

Entre no jardim secreto,
é lá que vive o eterno luar,
as assombradas caravelas,
as flores imperfeitas do amor.

Para que o dia
seja todo de estrelas
e magia,
estranhas flores
ao pé da estrada.

Flores alimentam sonhos,
dão de comer aos olhos,
arrumam e desarrumam
formas e cores.

Flores espalhadas ao longo do dia,
aladas, enluaradas, ensolaradas,
são promessas de amor e poesia.

Na teia do dia
as flores pousam,
aranhas de luz.

À noite as flores
descansam as suas cores
em cama de sombras.

Em dias de sol e chuva
atravessar o arco-íris
para chegar ao país das flores.

Uma estrela vem espiar:
estrelas são iluminadas
flores noturnas
no quintal do céu.

Numa jarra flores
em equilíbrio
como aéreos sinos.

Do meu poema faço um jardim,
violetas, dálias, rosas, jasmim,
colorida guirlanda de palavras
e vento.

Flores no caminho,
moinhos de mel e sol,
fonte de passarinhos.

Flores trazem notícias
do campo,
das cores do arco-íris,
da imensidão dos sonhos.

Um campo semeado
de sol e girassol,
moinho de ouro
moendo cores.

Flores perfumadas de sol
e vento
semeadas pela mesa,
pela casa, pelos quatro
cantos do tempo.

"Quando nos encontramos numa viagem Rio-Cataguases, Roger Mello e eu falamos da nossa paixão por flores, nasceu entre nós um jardim. Mas não um jardim qualquer.

Um jardim de poemas e as flores mais magníficas desenhadas pelo Roger, e os suspiros dos leitores por tanta beleza.

Roger escreve e desenha. Eu faço poemas. Este é o nosso ofício desde muito, muito tempo.

Publico desde 1980 e essa é uma das mais belas parcerias que já fiz na vida."

ROSEANA MURRAY nasceu no Rio de Janeiro, em 1950. Publicou cerca de cem livros, tendo recebido diversos prêmios. Foi prestigiada com importantes láureas literárias pela Fundação Nacional do Livro Infantil e Juvenil (FNLIJ), pela Associação Paulista de Críticos de Arte (APCA) e pela Academia Brasileira de Letras (ABL). Em 2001 recebeu junto ao ilustrador da obra *Jardins*, Roger Mello, o Prêmio Melhor Livro de Literatura Infantil da ABL. Seu trabalho foi incluído na Lista de Honra do International Board on Books for Young People (IBBY), e tem vários de seus livros publicados no México e na Espanha.

ROGER MELLO nasceu em Brasília, em 1965. É ilustrador, escritor e diretor de teatro. Vencedor do Prêmio Hans Christian Andersen na categoria Ilustrador, concedido pelo International Board on Books for Young People (IBBY) e considerado o Prêmio Nobel da Literatura Infantil e Juvenil. É *hors-concours* dos prêmios da Fundação Nacional do Livro Infantil e Juvenil (FNLIJ). Vencedor de dez Prêmios Jabuti. Roger recebeu o Chen Bochui International Children's Literature Award como melhor autor estrangeiro na China.